POÉSIES

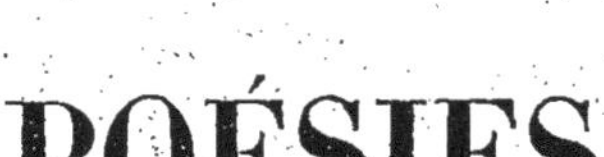

DICTÉES A CONSTANTINE

PAR L'ESPRIT DE M. DUCIS

du 16 juin au 19 juillet 1862.

Se vend au profit des pauvres

.CONSTANTINE

ALESSI et ARNOLET, Libraires-Éditeurs, rue du Palais.

ALGER	PARIS
BASTIDE, LIBRAIRE-ÉDITEUR	CHALLAMEL AINÉ, ÉDITEUR
place du Gouvernement.	30, rue des Boulangers.

1862

POÉSIES D'OUTRE-TOMBE

Constantine.— Typ.-lith. ALESSI & ARNOLET.

POÉSIES

D'OUTRE-TOMBE

DICTÉES A CONSTANTINE

PAR L'ESPRIT DE M. DUCIS

du 16 juin au 19 juillet 1862

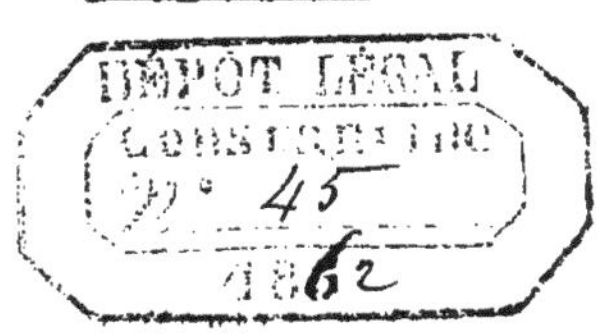

Se vend au profit des pauvres

CONSTANTINE

ALESSI et ARNOLET, Libraires-Éditeurs, rue du Palais.

ALGER	PARIS
BASTIDE, Libraire-Éditeur	CHALLAMEL, Aîné, Éditeur
place du Gouvernement.	30, rue des Boulangers.

1862

PRÉFACE

Un jour, un pauvre esprit fut envoyé sur terre.
        Pour quel motif? lui même l'ignorait.
Sans doute, du Seigneur, la justice sévère
        Pour le punir l'y condamnait.
        Mais, dans le corps qu'il animait,
Il s'ennuyait d'une bonne manière,
        Et, chaque jour, le maudissait.
Car cet esprit, un peu fou, je suppose,
Ne s'occupait, du matin jusqu'au soir,
Qu'à rimailler : c'était plaisir à voir.
Mais ce corps ennuyeux, c'était bien autre chose ;
        Il lui disait : J'ai faim, je veux manger.
Le lendemain il fallait l'habiller.
Ce pauvre esprit ne savait comment faire.
Tous ses beaux vers n'apportaient pas d'argent ;
Et, sans argent, ne pouvant satisfaire
Les désirs que son corps formait à tout moment,

VI

Il fallut dont quitter la muse bien-aimée
    Et travailler comme un simple mortel.
    Mais, cependant, la muse abandonnée
Parlait, hélas! bien haut, et ce tourment cruel
Par l'esprit désolé; faisait souvent maudire
Ce corps trop exigeant, qui causait son martyre.

———

Pourtant un jour, enfin, le prenant en pitié,
Dieu l'appela vers lui. Le voilà délivré,.
    Ce pauvre esprit. Mais voyez sa folie :
Il a gardé les goûts de son ancienne vie;
Il veut toujours rimer. Mais il sait maintenant,
Que les dons que l'esprit reçoit du Tout-Puissant
Doivent toujours servir au bonheur de ses frères.
Il se souvient aussi par combien de misères
Sur la terre, autrefois, il se vit éprouvé.
Il veut donc essayer, par ses rimes légères,
        De faire œuvre de charité.

Guidé par cet espoir, vite, il se met en quête
De quelque esprit, dans un corps renfermé,
Qui put, près des mortels, lui servir d'interprète,
En écrivant pour lui ce qu'il a composé.

———

    Sachez-le donc, vous tous qui pourrez lire
    Ces faibles vers, d'un auteur peu savant :
    C'est un esprit, un mort, un revenant
Qui, tous, les a dictés, quittant pour vous les dire,

Le monde où l'Éternel, à sa mort, l'a placé.
Mais l'orgueil, à présent, sur lui, n'a plus d'empire,
Et si de vous, mortels, il veut être écouté,
Je vous le dis encor, c'est par humanité.
   Soyez touchés du but qu'il se propose ;
    Pour acheter ses vers, donnez un peu d'argent.
    La charité, mon Dieu ! c'est une belle chose :
Aidez-moi donc, amis, secourons l'indigent.

POÉSIES D'OUTRE-TOMBE

CHARITÉ.

Mes bons amis, je vais, enfin, vous dire
Ce qui, vers vous, semble ainsi m'attirer:
Le Tout-Puissant, Dieu, qui, tous, nous inspire;
    M'a dit : près d'eux, va demeurer:
Leur cœur est bon, ils cherchent la lumière;
Dis leur tes vers, ils seront accueillis.
    Dis leur surtout, dis leur que la prière
Me fait tout accorder à mes enfants chéris.
    Dis leur encor que la foi, l'espérance,
        Ne doivent jamais les quitter ;
        S'ils sont en proie à la souffrance,

Leur Dieu, leur père, est là, qui vient la partager.
Mais si ma tendresse éternelle
Les protége toujours, prête à les consoler,
Que, tendant au malheur une main fraternelle,
Ils cherchent, eux aussi, des douleurs à calmer.
La foi doit être la bannière
Qui conduit les mortels au suprême bonheur.
L'espérance adoucit leur pénible carrière ;
Oh ! qu'ils la gardent toujours dans leur cœur
Jusqu'au dernier moment, jusqu'à l'heure dernière.
Mais fille préférée, enfant de ma bonté,
Douce vertu qui, d'un juge sévère,
Qui, d'un Dieu courroucé, fait pour eux un bon père,
C'est la divine charité.

ENCORE CHARITÉ.

Amis, quelle heureuse pensée
A pris naissance en votre cœur ?
Par Dieu même elle est inspirée,
Suivez-la pour votre bonheur.
Autour de vous, il est tant de misères !
Et le riche orgueilleux passe auprès sans les voir.
Mais vous vous êtes dit les pauvres sont nos frères,
Secourons-les, c'est, pour nous, un devoir.
Pauvres aussi, pour calmer leur détresse,

Hélas ! qu'avons-nous à donner ?
Ah ! s'il nous manque la richesse,
Pour eux, du moins, nous pouvons travailler.
Faites cela ; Dieu vous contemple,
Il sera votre protecteur ;
Et peut-être, un jour, votre exemple
Trouvera quelque imitateur.
— Mais, attendez, voici l'heure arrivée
Où votre esprit s'est enfin séparé
Du corps qui, quelques jours, par lui fut animé.
Dieu vous attend ; la demeure sacrée
S'est ouverte pour vous, et l'Être tout-puissant
Va dicter votre arrêt, pauvre esprit repentant.
Mais quelle est cette voix amie
Qui vient, de l'Éternel, implorer la bonté ?
De vos anges gardiens, c'est la troupe bénie ;
Ce sont vos défenseurs près d'un juge irrité.
Oh ! Seigneur ! disent-ils, au jour de ses épreuves,
Si cet esprit a failli quelquefois,
Des malheureux, toujours, il accueillit la voix.
Écoutez, écoutez les cris des pauvres veuves,
Des tristes orphelins sur la terre restés,
Et qui, du désespoir, par lui furent sauvés.
— C'est bien, dit le Seigneur ; cet esprit fut coupable,
Mais il fut sensible au malheur :
Un Dieu d'amour sera-t-il redoutable
A celui qui, là-bas, fut son imitateur ?
Fils bien-aimé, vos peines sont finies ;
Pour vous, commence enfin l'heureuse éternité.

D'avance, près de moi, vos places sont choisies,
Chers enfants de la charité !

LE TOMBEAU D'UNE MÈRE.

Sur le tombeau de votre mère,
Pauvres enfants ! pourquoi verser des pleurs?
Elle a quitté ce séjour de misère
Pour aller savourer d'éternelles douceurs.
Mais, croyez-le, si sa forme éthérée
Échappe à vos regards mortels,
Là, près de vous, son âme est demeurée
Pour vous guider vers les biens éternels.
Oui ; lorsqu'une douce pensée
Parle à vos cœurs de charité, d'amour,
Sa tendre voix, tout bas vous l'a dictée,
Car elle sait qu'au céleste séjour
La charité doit vous conduire un jour.
Oh ! soyez bons, chers enfants, soyez sages,
Car vos vertus doubleront son bonheur :
Que cette idée au bien vous encourage
Et calme enfin votre douleur.

L'ORGUEIL HUMAIN.

Pourquoi toujours envier la puissance
De l'Être souverain par qui tout fut créé ?
     Homme orgueilleux d'une science
     Que tu ne dois qu'à sa bonté,
     Quand, des secrets de la nature
     Tu veux sonder la profondeur,
     Ne sais-tu pas, chétive créature,
     Que c'est le bien du créateur ?
     Regarde en toi : ton corps lui-même,
     Ton propre esprit, peux-tu les expliquer ?
     Et tu voudrais, dans ta folie extrême,
     Qu'à tes regards tout put se dévoiler ?
Comprends donc, à la fin, cette sublime image
     D'Adam, par l'orgueil ébloui :
Si les chagrins, la mort, devinrent son partage,
     Tu le sais bien, c'est qu'il voulut aussi,
Oubliant les bienfaits de son souverain Maître,
     Comme lui, devenir puissant,
     Et, comme lui, tout savoir, tout connaître.
Pauvre insensé ! qu'un mot pouvait rendre au néant !
Oh ! ne l'imite pas. Sois humble, sois docile,
     Sois juste et bon ; tu sauras tout un jour.
     Dans cet espoir, repose-toi, tranquille,
     Entre les bras d'un père plein d'amour.

LES ANGES GARDIENS.

Pauvres humains qui souffrez en ce monde,
    Consolez-vous, séchez vos pleurs ;
En vain, sur vous, la foudre gronde,
Près de vous sont vos défenseurs.
Dieu si bon, ce Dieu votre père,
A tous a voulu vous donner
    Un petit ange, un petit frère
    Qui, toujours, doit vous protéger.
    Écoutez notre voix amie :
    Oh ! nous voulons vous voir heureux !
    Après les peines de la vie,
    Puissions-nous vous conduire aux cieux !
    Si vous pouviez nous voir sourire
    Aux premiers pas que vous faites, enfants !
Si vos regards mortels, dans nos yeux, pouvaient lire
    Notre douleur quand vous êtes méchants !
    Mais, écoutez ; nous voulons vous instruire
    D'un doux secret qui vous engage au bien ;
    Pour vous, aussi, le jour doit luire
    Où vous serez ange gardien.
    Oui, lorsqu'après votre épreuve dernière,
Le Seigneur recevra votre esprit épuré,
Il vous dira d'aller protéger, sur la terre,
Un beau petit enfant qui, pour vous, sera né.
    Aimez-le bien, et que votre assistance,

Pauvre petit ! lui prouve chaque jour
De son ange gardien le maternel amour.
A votre tour, guidez avec constance
L'esprit de votre frère au céleste séjour.

L'ENFANT ET L'ATHÉE.

Un bel esprit, se posant en athée,
Se promenait, un jour, avec un jeune enfant
Sur les bords d'un ruisseau dont la rive ombragée
    Les défendait contre un soleil brûlant.
    Regarde fuir cette eau limpide,
Dit à l'enfant son savant compagnon.
Où penses-tu que sa course rapide
Doit la conduire en quittant ce vallon?
— Mais, dit l'enfant, je crois qu'un lac paisible
Va recevoir le tribut de ses eaux,
Et qu'à la fin de leur marche pénible
Doivent finir ainsi tous les ruisseaux.
— Pauvre petit, dit, en riant, le maître ;
Dans quelle erreur est ton esprit !
Apprends enfin, apprends donc à connaître
    Comme, en ce monde, tout finit.
    Lorsqu'il s'éloigne de sa source,
    Où ses flots naissent chaque jour,
C'est pour aller, au terme de sa course,

Au sein des mers se perdre pour toujours.
De nous mêmes c'est une image :
Quand nous quittons ce monde séduisant
Il ne reste plus rien de notre court passage,
Et nous rentrons dans le néant.
— Oh ! mon Dieu ! dit l'enfant, d'une voix attristée,
Est-il donc vrai, tel serait notre sort ?
Quoi, de ma mère bien-aimée,
J'ai tout perdu, tout, au jour de sa mort !
Moi qui croyais que son âme chérie
Pouvait encor protéger son enfant,
Partager avec lui les peines de la vie,
Puis nous revoir un jour près du Dieu tout-puissant !
— Garde toujours cette douce croyance,
Lui dit, tout bas, son ange protecteur.
Oui, cher enfant, garde bien l'espérance ;
Sans elle, sur la terre, il n'est pas de bonheur.

—

Le temps a fui. Depuis longues années
Notre savant a subi le trépas ;
Et, fidèle toujours à ses folles pensées,
Il est mort en disant que Dieu n'existait pas.
L'enfant aussi vit venir la vieillesse,
Et, sans la craindre, il a reçu la mort ;
Car, conservant la foi de sa jeunesse,
Aux mains de l'Éternel, il a remis son sort.
Voyez, voyez, cette foule empressée
Quitter le ciel, venir le recevoir :

Des purs esprits, c'est la troupe sacrée :
C'est leur frère exilé qu'ils vont enfin revoir.
    Mais, quelle est donc cette âme délaissée
        Qui semble vouloir se cacher ?
Du malheureux savant, c'est l'âme désolée
Qui voit tout ce bonheur et ne peut s'y mêler.
        Combien sa peine fut amère !
    Lorsque ce Dieu, qu'il avait tant bravé,
Lui apparut, enfin, comme un juge sévère
        Dans sa sublime majesté.
      Oh ! que de larmes, de souffrances,
    Vinrent briser cet esprit plein d'orgueil !
      Lui qui, jadis, riait de l'espérance
Qu'un pauvre enfant cherchait par delà le cercueil.

Mais, du Seigneur, la bonté paternelle
N'a pas voulu, pour toujours, le punir.
    Et bientôt cette âme immortelle
    Sur la terre doit revenir.
    Puis, à son tour purifiée
    Prenant son essor vers le ciel,
    Elle ira, de joie enivrée,
Se reposer aux pieds de l'Éternel.

Mes chers amis, faut-il donc, pour vous plaire,
Faire des vers absolument ?
Je voudrais bien vous satisfaire :
C'est difficile en ce moment.
Auprès de vous, cachés à votre vue,
Quelques esprits nous regardent railleurs ;
Ma pauvre muse en est émue,
Et, franchement, mes vers n'en seront pas meilleurs.
Mais attendez ; il me vient une idée :
Je vais parler du Dieu que, tous, nous adorons.....
J'ai réussi ; leur tête s'est baissée :
Ils ne railleront plus maintenant. — Commençons.

Habitants de la terre
Au ciel levez les yeux;
Au ciel est votre père,
Là vous serez heureux.
Oubliez vos alarmes :
Un Dieu plein de bonté
Tient compte de vos larmes
Dans la sainte cité.

ET, PAUVRE ESPRIT, JE REVIENS SUR LA TERRE.

Pauvres amis ! enfants de ma tendresse,
Par l'Éternel, ici bas exilés,

Écoutez-moi, car, près de vous sans cesse,
Tous vos chagrins par moi sont partagés.
Oui, croyez-moi ; la vie est passagère ;
Bientôt, pour vous, finira la douleur.
Et, pauvre Esprit, je reviens sur la terre
Pour vous montrer le chemin du bonheur.

———

Voyez voguer, sur la mer courroucée,
Ce frêle esquif, ces pauvres matelots.
Vers le Très-Haut leur prière est montée ;
Il les entend, il a calmé les flots.
Oh ! que toujours aussi votre prière,
Comme un encens, monte vers le Seigneur.
Et pauvre esprit, etc.

———

Pour ses enfants, cette mère éplorée,
Étend la main vers le riche orgueilleux.
Hélas ! la faim sous son chaume est entrée.
Le riche passe en détournant les yeux.
Pour vous, amis, que, toujours, la misère
Puisse trouver accès dans votre cœur.
Et pauvre esprit, etc.

Comment, vous demandez encore
Des vers au pauvre rimailleur ?

Eh bien ! écoutez donc, je parle à votre cœur :
'Pour les pauvres, je vous implore,
Donnez, donnez beaucoup, vous plairez au Seigneur.
Vers vous ma main voudrait s'étendre ;
Mais je n'ai plus mon corps mortel.
De vous, au moins, je peux me faire entendre,
Et je répète mon appel :
Amis, donnez, donnez bien vite,
Car demain la mort peut venir.
Au' ciel assurez-vous un gîte ;
Donnez, et Dieu va vous bénir.

LA PUISSANCE DU SEIGNEUR.

Qui donc a mis au ciel cette lune brillante
Dont la douceur nous fait rêver ?
Qui donc donne au soleil sa lumière éclatante,
Qui vient aussi nous éclairer ?
Ah ! reconnais la main puissante,
Faible mortel, du Dieu qui t'a créé ;
Et que ta voix reconnaissante
S'élève chaque jour pour bénir sa bonté.

—

Qui fait, autour de nous, naître ces fleurs jolies

Qui viennent parer nos jardins ?
Qui fait, au doux printemps, reverdir nos prairies ?
Qui donc fait mûrir nos raisins ?
Ah ! reconnais, etc.

———

Qui, pour rendre féconde et rafraîchir la terre,
Fait couler ce gentil ruisseau ?
Quel paternel pouvoir vient donner à la mère
Le lait qui nourrit son agneau ?
Ah ! reconnais, etc.

———

Et ces jolis oiseaux que nous aimons entendre,
Qui donc, pour nous, les a formés ?
Qui dirige leurs soins et leur amour si tendre
Pour les petits qu'ils ont couvés ?
Ah ! reconnais, etc.

———

Cette mer tour à tour agitée ou tranquille,
Qui dans leur lit retient ses flots ?
Qui donc conduit au port cette barque fragile ?
Qui protége ces matelots ?
Ah ! reconnais, etc.

———

Voyez : sur le chemin, un aveugle s'avance ;
Il n'a que son chien pour appui.

Ah ! qui donc, à ce chien, donne la connaissance
De l'aimer, de veiller sur lui ?
Ah ! reconnais, etc.

—

Tremblez, pauvres mortels, voici venir l'orage,
La foudre gronde avec fureur.
Qui donc, en un instant, a pu, calmant sa rage,
Rendre la paix à votre cœur ?
Ah ! reconnais, etc.

—

Et si, de ton esprit, la divine étincelle
Te fait agir, te fait penser ;
Si tu gardes l'espoir d'une vie éternelle,
Qui donc a pu te la donner ?
Ah ! reconnais, etc.

Allons, amis, courage !
Vous m'avez bien compris.
Mettez vous à l'ouvrage,
De Dieu, soyez bénis.
Si, pour votre œuvre sainte,
Il faut encor rimer,
Amis, parlez sans crainte,
Car je veux vous aider.

Vos peines sont amères,
Mais il est un moyen
D'adoucir vos misères :
C'est de faire du bien.
Si pour votre, etc.

LES ESPRITS ERRANTS.

Quand, au repos du soir, élevant vos pensées
Vers l'être souverain, seul digne de vos chants,
Vous rêvez au bonheur des demeures sacrées,
    Priez pour nous, pauvres esprits errants !

—

Quand le vent, dans vos bois, agite le feuillage,
Qu'à leurs nids, les oiseaux retournent frémissants,
Sur vos fronts inclinés, quand vient gronder l'orage,
    Priez pour nous, pauvres esprits errants !

—

Le jour, quand du soleil, le rayon vous éclaire
Pour réchauffer vos corps et féconder vos champs,
Quand il vient vous donner sa chaleur salutaire,
    Priez pour nous, pauvres esprits errants.

Et quand vous entendez la cloche frémissante
Qui vient vous appeler près du lit des mourants,
Priez, priez encore, âme compatissante,
    Priez pour nous, pauvres esprits errants.

—

Quand vous voyez passer quelques formes légères;
Quand les airs sont troublés par des cris gémissants,
C'est nous qui vous parlons. N'oubliez pas vos frères;
    Priez pour nous, pauvres esprits errants.

LA VOIX DE L'ANGE GARDIEN.

Entendez-vous cette voix qui vous crie
Au fond du cœur : Soyez bons, soyez doux;
Pensez au Dieu qui vous donna la vie,
Qui, près de lui, doit vous réunir tous.
Écoutez-la, cette voix caressante,
Car elle veut vous mener vers le bien.
N'étouffez pas sa prière touchante.
Ah! c'est la voix de votre Ange Gardien.

—

Ce malheureux, qui tend la main et prie
Quand vous passez près de lui tous les jours,

Entendez-vous cette voix attendrie
Vous dire : Ami, donne-lui des secours.
Écoutez-là, cette voix, etc.

—

Pauvres mortels ! le chagrin, la tristesse,
De toutes parts, viennent vous assaillir ;
Entendez-là vous dire avec tendresse :
Pense au Seigneur et tes maux vont finir.
Écoutez-là, cette voix, etc.

—

Si vous pleurez sur le tombeau d'un père,
D'un cher enfant, que la mort enleva,
L'entendez-vous ; elle vous dit : Espère,
Bientôt, ami, Dieu vous réunira.
Écoutez-là, cette voix, etc.

—

Si, vers le mal, votre âme est entraînée,
Si vous cédez à vos mauvais penchants,
L'entendez-vous, cette voix désolée,
Vous dire : Ami, Dieu punit les méchants.
Écoutez-là, cette voix, etc.

—

Et quand, enfin, viendra l'heure dernière,
Que votre esprit devant Dieu paraîtra,

Vers l'Éternel, cet Ange votre frère,
De son amour vous accompagnera.
Écoutez-le, de sa voix caressante,
Dire au Seigneur : Il a fait quelque bien ;
Exaucez donc ma prière touchante :
Pitié, mon Dieu! pour son Ange Gardien.

LA FOI, L'ESPÉRANCE ET LA CHARITÉ.

Un jour, la foi découragée,
Cheminait seule, en rêvant tristement
Au destin des mortels, qu'elle avait vainement
Tenté de rappeler à la sainte pensée
D'un Dieu, leur créateur et leur père indulgent.
Les pauvres insensés! Un monstre redoutable,
L'athéisme orgueilleux, les avait abusés ;
Et de la foi, par lui, les accents étouffés
N'avaient pu parvenir jusqu'à leur cœur coupable.
Et la foi les plaignait ; et d'un maître irrité,
Elle eût voulu, pour eux, implorer la bonté.

—

Mais vers elle, à pas lents, s'avance l'espérance ;
Elle est bien triste aussi. De même que sa sœur,
Elle avait essayé, par sa douce insistance,

De ramener l'espoir où régnait la douleur.
Comme la foi, partout on l'avait repoussée,
Hélas! Pauvre vertu! Que pouvaient espérer
Ces êtres aveuglés par cette affreuse idée
Qu'à leur mort, au néant, tous ils devaient rentrer.

—

Et les deux sœurs ainsi, de leurs peines cruelles,
S'entretenaient en soupirant,
Lorsque, soudain, la charité, près d'elles,
Vient se montrer comme un astre brillant.
— Ne pleurez pas, pauvres sœurs désolées,
Leur dit-elle aussitôt; je viens vous consoler.
Par les hommes ingrats que vous vouliez sauver,
Le souverain Seigneur, vous voyant outragées,
Dans son juste courroux s'apprêtait à punir;
Mais j'ai prié pour eux, et j'ai pu le fléchir.
Eh bien! va, m'a-t-il dit; va, descends sur la terre,
Va retrouver tes sœurs, et, peut-être, à ta voix,
Ces malheureux objets de ma juste colère
Viendront-ils, à la fin, se ranger sous mes lois.
— Et me voici. Mes sœurs, reprenez donc courage;
A nous trois essayons, par un nouvel effort,
D'arracher à l'orgueil, ce démon plein de rage,
Tous ces infortunés qui courent à la mort.

—

Elle dit; et bientôt, dans les humbles chaumières,
Dans les riches palais, les trois sœurs pénétrant,

Trouvent l'homme soumis à leurs tendres prières,
Élevant au Seigneur son esprit repentant.

—

Qui donc, en un instant, put faire un tel prodige ?
Qui donc a pu changer ces êtres endurcis ?
Quel bienfaisant pouvoir tient levés et dirige
Vers le ciel leurs regards, si longtemps obscurcis ?

—

Oh ! charité ! Vertu bénie !
N'abandonne jamais l'espérance et la foi.
L'homme les repoussait ; mais, à ta voix chérie,
Il leur ouvre son cœur et les garde avec toi.
Reste toujours, oh! reste sur la terre,
Fille du ciel, fille d'un Dieu d'amour ;
Et par toi nous croirons, et par toi la misère
Verra le désespoir s'éloigner sans retour.

LA PRIÈRE.

Lorsque le jour remplace la nuit sombre,
Priez, amis, le Dieu qui nous donna
Ce beau soleil qui vient remplacer l'ombre.
Priez, amis, et Dieu vous bénira.

—

Et, si, de vous, un malheureux implore
Le faible don qu'un riche refusa,
Secourez-le; je vous le dis encore :
Donnez, amis, et Dieu vous donnera.

———

Quand, du repos, l'heure sera sonnée,
Que le sommeil sur vos yeux descendra,
Priez encor, pour finir la journée.
Priez, amis, et Dieu vous bénira.

———

Et, si, par fois, guidé par la colère,
Pendant le jour, quelqu'un vous offensa,
Loin d'en vouloir à ce malheureux frère,
Pardonnez-lui, Dieu vous pardonnera.

ACCUEILLEZ-NOUS.

Accueillez-nous nous, qui, de l'autre monde,
Venons vers vous pour éclairer vos cœurs.
Accueillez-nous, et si la foudre gronde,
Nous sommes là pour calmer vos frayeurs:
Accueillez nous, car jadis, de la vie,

Nos corps aussi connurent les tourments.
Mais du bonheur la peine fut suivie.
Accueillez-nous, nous sommes vos parents.

—

Accueillez-nous, quand, du bois, le feuillage
Est agité par un léger zéphir :
C'est notre voix, qui dit tout bas : Courage,
Bientôt, amis, Dieu va nous réunir.
Accueillez-nous, pour vous notre tendresse,
Après la mort, encor vous a suivis
Dans le chagrin, aux jours de l'allégresse.
Accueillez-nous, nous sommes vos amis.

—

Accueillez-nous, et si jamais le vice,
Par son venin, vient flétrir votre cœur,
Vous retirant, au bord du précipice,
Nous serons là, vous parlant du Seigneur.
Accueillez-nous ; nous veillons sur l'enfance,
Et le vieillard, à ses derniers moments,
Nous trouve encor partageant sa souffrance.
Accueillez-nous, nous sommes vos parents.

—

Accueillez-nous ; nous venons vous instruire,
Car nous vivons dans un monde ignoré.
Par nos avis, laissez-nous vous conduire,

Nous vous dirons, de Dieu, la volonté.
Accueillez-nous, nous saurons vous apprendre
Par quels moyens au ciel on est admis.
Quand, près de vous, nos voix se font entendre,
Accueillez-nous, nous sommes vos amis.

BÉNISSEZ LE SEIGNEUR.

Heureux esprits que Dieu, dans sa bonté suprême,
A placés près de lui, dans l'éternel séjour,
Bénissez-le, ce Dieu, qui veut ainsi lui-même
Récompenser en vous les dons de son amour.
Quand vous étiez en proie aux peines de la vie,
Qui mit à vos côtés cet ange protecteur,
Pour vous parler du ciel au jour de la douleur,
Chasser le désespoir de votre âme flétrie,
Et vous conduire enfin au céleste bonheur ?
Ah ! si vous habitez dans la sainte patrie,
    Heureux esprits ! bénissez le Seigneur !

———

Et vous, chers exilés, qui souffrez sur la terre
En attendant le jour du bonheur à venir,
Bénissez-le, ce Dieu, qui, comme un tendre père,
Veille à tous vos besoins, se plaît à vous bénir.
Si la terre, pour vous, se couvre chaque année

De ces charmantes fleurs, de ces fruits savoureux ;
Si ces brillants oiseaux réjouissent vos yeux ;
Si le soleil éclaire, échauffe la journée,
Mortels, vous le devez à ce Dieu créateur.
Ah ! quand de ses bienfaits votre vie est semée,
    Esprits humains ! bénissez le Seigneur !

—

Et vous, pauvres esprits, dont la triste existence
Se passe dans les pleurs, errants autour de nous,
Bénissez-le, ce Dieu, dont la douce clémence
Vous promet un pardon qu'il veut donner à tous.
Si l'espoir consolant calme votre tristesse ;
Si vous pouvez, rêvant un meilleur avenir,
Vous dire : Un jour, pour nous, le repos doit venir ;
C'est lui, ce Dieu si bon, qui garde sa tendresse
Aux enfants égarés qui blessèrent son cœur.
Ah ! lorsque sa bonté vous pardonne sans cesse,
    Esprits errants ! bénissez le Seigneur !

APPELEZ-MOI.

Appelez-moi, car vos voix me sont chères,
Et, près de vous, je me sens tout joyeux.
Appelez-moi, car vous êtes mes frères,
Et je voudrais, pouvoir vous rendre heureux.

Appelez-moi ; mais laissez-moi sans cesse
Vous répéter mon éternel refrain :
Des affligés, partagez la tristesse,
Aux indigents, donnez, donnez du pain.

—

Appelez-moi. Je n'ai pas la science ,
Mais le Seigneur me donne la bonté.
Appelez-moi, car toujours ma présence
Sera, pour vous, signal de charité.
Appelez-moi ; mais laissez-moi sans cesse
Vous répéter mon éternel refrain :
Des affligés, partagez la tristesse,
Aux indigents, donnez, donnez du pain,

L'ORAGE.

Un grand seigneur, entiché de noblesse,
Un certain jour allait chassant.
Il avait toujours cru que le rang, la richesse,
Devaient suffire à rendre un homme tout-puissant.
Il eût dit volontiers (voyez quelle folie !)
Que l'Être Souverain, que Dieu, son créateur,
N'oserait pas toucher à ses biens, à sa vie,
De peur de voir, sur lui, retomber sa fureur.
La chose, j'en conviens, est difficile à croire :

Pourtant, je vous le dis, il en était ainsi.
Reprenons, à présent, le cours de notre histoire.
Que vous disais-je donc? Attendez, m'y voici.
Notre orgueilleux seigneur, dans la forêt voisine,
Chassait toujours, sans trop s'inquiéter
D'un orage prochain. Il pensait, j'imagine,
Que la foudre, sur lui, n'oserait éclater.
Mais bientôt cependant, sans craindre la colère
De ce pauvre insensé, de ses droits si jaloux,
Voilà que, tout-à-coup, les vents et le tonnerre
Ébranlant la forêt, éclatent en courroux.
Notre homme, mécontent, eût bien voulu, sans doute,
Enchaîner le tonnerre, et même le punir.
Mais il pleuvait bien fort. Il dut se mettre en route
Pour chercher un abri qui put le garantir.
Donc, tout en murmurant, il cheminait fort vite,
Lorsqu'à ses yeux paraît un pauvre laboureur ;
Pris aussi par l'orage, il regagnait son gîte ;
Mais lui, sans murmurer, priait avec ferveur.
Ah! dit-il au seigneur, dans ma pauvre demeure,
Si vous vouliez entrer : elle est ici tout près.
L'orage va passer ; le soleil, tout-à-l'heure,
Séchera les chemins ; vous partirez après.
Le seigneur, tout d'abord, regarda la chaumière,
Bien tenté d'y entrer pour n'être pas mouillé ;
Et puis, la comparant à sa demeure altière,
Il recule, en disant d'un air tout courroucé :
Qui, moi, dans ce taudis! Vraiment quelle folie!
Vienne un bon coup de vent, la maison est en bas.

Dans mon noble palais, le vent, je le défie,
      Et j'y retourne de ce pas.
    — Cela dit, il s'en va. Mais, oh ! surprise extrême !
Le somptueux manoir, par la foudre frappé,
S'écroule avec fracas au moment où, lui-même,
Arrivait, confiant dans sa solidité.
Le voilà bien puni. Mais il n'a plus d'asile,
Et l'orage pourtant, s'en va toujours grondant.
Il revient sur ses pas, et le chaume tranquille
Qu'il regardait jadis, d'un œil si méprisant,
Lui apparaît encor debout malgré l'orage.
Le tonnerre et les vents ont voulu respecter
Ce séjour où l'on prie, où l'on est bon et sage,
Où le Seigneur, enfin, se plait à demeurer.
— Vraiment, dit l'orgueilleux, quelle étrange aventure.
Comment donc la tempête a-t-elle ainsi détruit
Mon solide château, quand ce pauvre réduit
      N'a rien souffert de son injure ?
— Entrez, entrez chez moi, dit le bon laboureur,
Qui l'avait vu venir et plaignait son malheur ;
Et si vous le voulez, je vous ferai comprendre
Comment le Tout-Puissant, par l'orgueil irrité,
Frappe de son courroux le superbe entêté
Qui, se croyant bien fort, se refuse à lui rendre
L'hommage qu'il devait à sa Divinité.
Mais, si de l'orgueilleux, il punit l'insolence,
Ce Dieu, plein de bonté, sourit à l'indigence
      Et protége l'humilité.

LA QUÊTE.

Je viens encor faire la quête ;
C'est bien souvent, en vérité.
Que voulez-vous ! Je me suis mis en tête
De soulager la pauvreté.
Vous le savez, je ne suis plus sur terre ;
Si j'y étais encor ma bouche vous prierait.
Vos cœurs me comprendront : je parle de misère.
Donnez aux pauvres, s'il vous plait.

Mais attendez ; je vois sourire
Un incrédule qui se dit :
Vraiment, c'est fort plaisant ; que veut-il donc nous dire,
Celui-la qui se nomme esprit ?
Riez si vous voulez ; j'ai fort bon caractère.
Une chose, pourtant, vraiment me fâcherait :
Si je disais en vain donnez à la misère ;
Donnez aux pauvres, s'il vous plait.

LES MARTYRS DU JAPON.

Entendez-vous, aux rives étrangères,
Ces cris de mort, cette horrible clameur ?

Priez, Chrétiens, priez ; ce sont vos frères,
Qui vont mourir, confessant le Seigneur.
De vos bourreaux, pardonnez l'ignorance ;
Du Dieu vivant, connaissent-ils la loi ?
Priant pour eux, montez, pleins d'espérance,
Montez au Ciel saints martyrs de la foi.

—

Jadis aussi, votre divin modèle
Fut le jouet d'un peuple furieux,
Qui le frappait, par une mort cruelle,
Lui, dont l'amour venait ouvrir les cieux.
De vos bourreaux, etc.

—

Voyez déjà la demeure éternelle
S'ouvrir pour vous, esprits trois fois heureux.
Du Tout-Puissant, la bonté paternelle,
Va couronner vos combats généreux.
De vos bourreaux, etc.

—

Du haut des cieux, votre brillant asile,
Voyez la terre où votre sang coula :
Douce rosée, il la rendra fertile,
Et, sol béni, la foi sainte y naîtra.
De vos bourreaux, pardonnez l'ignorance ;
Du Dieu vivant, connaissent-ils la loi ?

Priant pour eux, montez, pleins d'espérance,
Montez au Ciel, saints martyrs de la foi.

CROYEZ-NOUS.

Oh! croyez-nous, quand nous venons vous dire,
D'un Dieu clément, l'amour et la bonté ;
C'est lui, ce Dieu, c'est lui qui nous inspire :
Nous ne pouvons cacher la vérité.
Quand vous priez, il sourit, ce bon père ;
Pour vous bénir, sa main s'étend sur vous ;
Si vous tombez, sa voix vous dit : Espère !
     O! croyez-nous, ô! croyez-nous.

———

Pourriez-vous donc douter de sa tendresse,
Lui, qui donna son fils pour vous sauver ;
Au repentir, il pardonne sans cesse,
Et, s'il punit, c'est pour purifier.
Nous, nous pouvons parler de sa clémence,
Car nous l'avons éprouvée avant vous :
Douter de lui, c'est là ce qui l'offense.
     O! croyez-nous, ô! croyez-nous.

———

Quand, par la mort, votre âme délivrée

Ira vers lui pour s'entendre juger,
Par sa bonté, cette âme encouragée,
Enfin saura combien on doit l'aimer.
En attendant ce moment plein de charmes,
Écoutez-nous, nous qui venons à vous.
Dieu nous a dit d'aller sécher vos larmes.
      O! croyez-nous, ô! croyez-nous.

AMITIÉ.

Il est pourtant, sur votre pauvre terre,
Mes chers amis, un moyen d'être heureux.
— C'est étonnant ; pour moi, je n'en vois guère,
Me dites-vous; expliquez-vous donc mieux.
— Assurément, je m'en vais vous l'apprendre,
C'est pour cela que je viens vous trouver ;
Et vous pourrez aisément le comprendre :
Pour être heureux, il faut bien vous aimer.

—

Lorsque vos cœurs seront dans la tristesse,
Au lieu de fuir vos parents, vos amis,
Allez près d'eux, et, bientôt, leur tendresse
Saura de vous éloigner les soucis.
Oui, l'amitié rend la peine légère,
Et le plaisir, elle sait le doubler.

Je le répète : Amis, sur votre terre,
Pour être heureux, il faut bien vous aimer.

CONFIANCE EN DIEU.

Pêcheurs, au rivage
Laissez vos filets,
Car voici l'orage,
Craignez ses effets.
— Que pouvons-nous craindre ?
La foudre en courroux
Ne peut nous atteindre,
Dieu veille sur nous.

—

Vous, que l'indigence
Réduit aux abois,
Contre l'opulence
Élevez la voix.
— Pourquoi nous en plaindre,
En être jaloux?
Qu'avons-nous à craindre?
Dieu veille sur nous.

—

La terre est brûlée,
Pauvres laboureurs!

La moisson manquée :
Ah! que de malheurs!
Hélas! sans nous plaindre,
Prions à genoux.
Qu'avons-nous à craindre?
Dieu veille sur nous.

—

Soldats, la bataille
Vient de commencer,
Tremblez : la mitraille
Va vous moissonner.
Qu'avons-nous à craindre
Du trépas jaloux?
S'il vient nous atteindre,
Dieu veille sur nous.

—

Enfants, votre mère
Qui vient de mourir,
Vous laisse sur terre
Seuls. Que devenir?
Pleurons, sans nous plaindre
Du sort en courroux;
Que pouvons-nous craindre?
Dieu veille sur nous.

—

Ton heure est sonnée;
Oui; voilà la mort.

Pauvre âme effrayée,
Quel sera ton sort ?
Ah ! pourquoi nous plaindre !
Ce moment est doux ;
Que pouvons-nous craindre ?
Dieu veille sur nous.

DIEU LE VEUT !

De tous côtés, que de voix ennemies,
Pour nous flétrir, viennent de s'élever !
Pauvres esprits ! De noires calomnies
Voudraient de nous pouvoir vous éloigner.
Mais croyez-nous ; cédez à nos prières ;
Nous vous aimons, soyez nos défenseurs.
Nouveaux croisés, gravez sur vos bannières :
Oui, Dieu le veut ! oui, nous serons vainqueurs !

—

Si l'on vous dit que Dieu, votre bon père,
Peut condamner son enfant sans retour,
Le croirez-vous, alors que, sur la terre,
Au fils ingrat, vous gardez votre amour ?
Ne craignez pas d'écouter nos prières ;
Le bien toujours eut des persécuteurs.
Nouveaux croisés, gravez sur vos bannnières :
Oui, Dieu le veut ! oui, nous serons vainqueurs !

—

Tous ces guerriers, qui, loin de leur patrie,
D'un prêtre obscur accueillant les leçons,
Allaient au Ciel, sans crainte offrant leur vie,
Ils se disaient : Dieu le veut ! Avançons !
A votre tour, écoutant nos prières,
A l'Éternel, allez gagner des cœurs.
Nouveaux croisés, gravez sur vos bannières :
Oui, Dieu le veut ! oui, nous serons vainqueurs !

—

Oui, Dieu le veut ! car il voit que le doute
S'est emparé de plusieurs d'entre vous.
Le doute affreux, du malheur c'est la route;
Mais par nos voix Dieu parle, croyez-nous.
Quand les méchants riront de vos prières,
Priez encor pour nos accusateurs.
Nouveaux croisés, gravez sur vos bannières :
Oui, Dieu le veut ! oui, nous serons vainqueurs !

LES DEUX LABOUREURS.

Deux laboureurs, dans un pauvre village,
Depuis longtemps voyaient couler leurs jours.
L'un d'eux, chaque matin, s'en allait à l'ouvrage
Le cœur content et gai, bénissant Dieu toujours.
Et cependant, sous son chaume paisible,
La fortune est loin d'habiter.

Mais il se dit : si mon sort est pénible,
Mon Créateur me voit, sur lui je puis compter.
Aux petits des oiseaux il donne la pâture
(Il avait lu cela dans la Sainte Écriture),
Donc, ma famille et moi, qui sommes ses enfants,
Il ne peut nous laisser manquer de nourriture.
Et, sans plus s'alarmer, ces cœurs si confiants
Priaient pour éloigner les soucis affligeants.
— Pour l'autre laboureur, il n'en est pas de même :
Celui-là, voyez-vous, eut toujours du bonheur.
Il est riche vraiment; mais son orgueil extrême
S'attribue, à lui seul, ce qu'il doit au Seigneur.
Aussi, ne croyez pas qu'il pense à la prière :
Ah! bien, oui! pourquoi donc ainsi s'humilier,
        Qand on n'a rien à demander,
Lorsque tout vous sourit, que tout vous est prospère?
Bon pour les malheureux ; ça peut les amuser.

Il arriva pourtant une mauvaise année ;
La grêle, dans les champs, s'en vint tout ravager ;
La moisson fut perdue et la vigne brisée.
Mais, toujours résigné, sans exhaler de plainte,
Il dit : Du Tout-Puissant, c'est la volonté sainte.
Puis, pensant aussitôt à son riche voisin,
Il se dit : Puisque Dieu lui donna l'opulence,
Sans doute que, prenant en pitié mon destin,
Il pourra me prêter, pour faire ma semence,
Un peu d'orge, de blé, ce qu'il me faut enfin.
Mais, à peine a-t-il fait sa modeste demande,

Que l'autre, se levant, d'un air tout furieux :
Oh ! parbleu ! lui dit-il, votre audace est bien grande ;
Par ma foi, s'il fallait donner à tous les gueux
Que me resterait-il ? Allons, prenez la porte.
Bien confus de se voir éconduit de la sorte,
Le pauvre demandeur s'en fut tout affligé,
Sans maudire, pourtant, celui qui l'a blessé.
— Mais Dieu veille toujours sur celui qui le prie.
Voilà que, ce jour même, il le fait hériter
D'un parent oublié, qui, loin de sa patrie,
Vivait, depuis longtemps, en pays étranger.
Le voilà riche aussi. Mais, pour lui, la richesse
Ne sera qu'un moyen de pouvoir secourir
Les pauvres malheureux qui, vers lui, vont venir,
Bien sûrs de le trouver sensible à leur détresse.

Un soir, qu'il s'endormait, heureux et satisfait,
Pensant au peu de bien qu'en ce jour il a fait,
Voilà que, tout-à-coup, des clameurs effrayantes
L'arrachent au sommeil. Des flammes dévorantes
Brûlaient, en ce moment, avec rapidité,
La maison du voisin qui l'a tant maltraité.
Ah ! quel malheur ! dit-il. Aussitôt il s'élance,
Et trouve son voisin pleurant, se désolant,
Car il a tout perdu : Sa maison, en brûlant,
Engloutit son argent, son blé ; plus d'espérance !
Sans pain et sans abri que va-t-il devenir ?
Pauvre voisin ! dit une voix amie,
Ne vous désolez pas, je puis vous secourir.

Venez dans ma maison ; ma famille chérie
S'empressera de vous servir.
— Moi, dans votre maison? La chose est impossible ;
Est-ce bien vous qui me parlez ainsi?
Avez-vous oublié que mon cœur insensible.....
— Chut! pas un mot de plus ; oublions tout ceci.
Venez, venez chez moi, je vous le dis encore ;
Mais pour cela, n'allez pas me louer :
Apprenez donc enfin que le Dieu que j'adore
A dit à ses enfants de toujours pardonner.
Oui, croyez-le ; dans un cœur qu'il habite
La vengeance s'enfuit devant l'humanité ;
Et la haine non plus, n'y peut trouver un gîte :
Elle n'y pourrait vivre avec la charité.

LES ESPRITS DU SEIGNEUR.

Pauvres esprits, qui venez sur la terre
Pour éclairer les hommes égarés,
Ah! pourquoi donc votre doux ministère
Est-il en butte à ces traits acharnés?
Hommes ingrats! lorsque leur voix si tendre
Vient essayer de toucher votre cœur,
Vous refusez, hélas! de la comprendre.
Pleurez, pleurez, bons Esprits du Seigneur!

Mais cependant, quelques hommes sincères
Se sont rendus à vos discours touchants.
Ils se sont dit : Ce sont vraiment nos frères,
Accueillons-les, ces esprits bienfaisants !
Oui, bons esprits, tressaillez d'allégresse ;
Ceux-là, du moins, vous devront le bonheur.
De votre amour, les entourant sans cesse,
Chantez, chantez, bons esprits du Seigneur !

—

Bientôt, sur eux, la noire calomnie
Viendra verser son infernal venin.
Peut-être, hélas ! dans leur âme flétrie,
Elle éteindra votre souffle divin.
Pauvres esprits ! Pour prix de tant de peines.
Les verrez-vous, glacés par la terreur,
Vous renier et reprendre leurs chaînes?
Pleurez, pleurez, bons Esprits du Seigneur !

—

Non, bons esprits. Oubliez vos alarmes ;
Voyez, voyez, tous vos nombreux amis
Vous entourant, pour essuyer vos larmes,
Et repousser vos faibles ennemis.
Esprits de Dieu, pourriez-vous ne pas vaincre,
Lorsque lui-même est votre protecteur?
De son amour vous saurez nous convaincre.
Chantez, chantez, bons Esprits du Seigneur !

UN CONTE DE REVENANT.

Il était une fois...... — Arrêtez, je vous prie ;
Allez-vous nous conter la Belle au bois dormant,
Ou le Petit Poucet, ou le Prince Charmant?......
— Je vous trouve plaisant! Chacun a sa manie;
Et s'il me plaît à moi de commencer ainsi?
J'en ai le droit peut-être; au-moins, je le suppose,
Et je ne connais pas de loi qui s'y oppose.
Si vous m'interrompez, retenez bien ceci,
Je ne dirai plus rien ; je garde mon histoire,
Vous en serez fâchés, vrai vous pouvez m'en croire.
Je recommence donc. Il était une fois
Deux esprits forts, n'importe en quelle ville,
La chose n'y fait rien. Mais leur cœur indocile,
Oubliant du Seigneur, les bienfaits et les lois,
S'étaient persuadés qu'ils ne devaient la vie
Qu'au hasard seul, que sais-je, à rien du tout, vraiment.
Vous me direz, alors, c'était de la folie.
J'en conviens ; mais enfin, c'était leur sentiment.
Vous comprenez qu'avec cette pensée
Ils ne songeaint jamais à l'avenir,
Puisqu'ils disaient que la mort arrivée,
Leur être tout entier allait s'anéantir.
Un certain jour, pourtant, qu'ils avaient fait orgie,
Et qu'à table, tous deux, ils étaient réunis,
Levant vers son ami, ses regards obcurcis,
L'un d'eux dit, tout-à-coup : Parbleu, mon cher confrère,

Puisque ces pauvres gens, qui vivent ici-bas
S'en vont disant partout qu'à l'heure du trépas
On continue de vivre ailleurs que sur la terre
Il me vient à l'esprit de nous faire un serment :
Celui qui, le premier, s'en ira de ce monde,
Quittant, de son tombeau, l'obscurité profonde,
Vers l'autre reviendra, pour lui dire comment
Les choses vont là-bas. — Parbleu, l'idée est bonne,
Répond son compagnon ; j'accepte avec plaisir.
— Là-dessus, nos buveurs, que Dieu le leur pardonne !
Se mettent à railler, cela faisait frémir.
— Au bout d'un certain temps, l'un d'eux, pour un voyage,
            Quitta la ville et son ami,
Et, pendant plus d'un an, il laissa celui-ci
Sans nouvelles de lui. — Voilà qu'un jour d'orage,
Celui des deux buveurs, à la ville resté,
Se tenait renfermé ; la porte était bien close
Quand, soudain, près de lui, quelle étonnante chose !
Paraît le voyageur. Comment est-il entré ?
Pour cela, voyez-vous, lui seul pouvait le dire ;
Mais l'autre, vous pensez, en eut bien quelque peur.
Pourtant, tendant la main, et tâchant de sourire :
Et quoi ! c'est vous, mon cher, lui dit-il. Quel bonheur !
De me surprendre ainsi, vous êtes bien aimable.
Le voyageur, alors, sans répondre un seul mot,
Lève les bras au ciel. — Puis, d'un ton lamentable :
Je suis mort, mon ami. — L'autre en resta tout sot.
— Oui, je suis mort, dit-il. Vous savez la promesse
Que je vous fis jadis ; je reviens la tenir.

Sachez-le donc, enfin : notre âme vit sans cesse,
Et l'Être tout-puissant l'attend pour la punir
Ou la récompenser. — La chose est impossible,
Dit son ami, voulant un peu se rassurer ;
Car, si vous étiez mort, vous seriez invisible.
— Croyez-moi, croyez-moi, répond le revenant,
Croyez au Dieu vivant, croyez à sa puissance.
      Puis, dans la terre s'enfonçant,
Il laisse l'esprit fort glacé, pâle et tremblant.
— Quelques moments après, reprenant assurance,
Après tout, se dit-il, si c'est la vérité,
Je ferai mieux, je crois, de changer de conduite.
Il le fit, voyez-vous, et devint, par la suite,
Un homme vertueux, rempli de charité.

Et vous, qui m'écoutez, qui lisez cette histoire,
Lorsque nous vous parlons, pourquoi ne pas nous croire?
Tout comme celui-là, nous sommes morts aussi ;
En nous, chacun de vous peut trouver un ami.
Vous voir bons et heureux, c'est notre unique envie.
Je vous le dis encore, écoutez nos avis :
Vous en serez contents. Par eux, en l'autre vie,
Auprès du Dieu d'amour nous serons réunis.

REMÈDE AUX PEINES DE LA VIE.

Vous qui vous plaignez que la vie

Ne vous apporte que soucis,
Vous pouvez la voir embellie ;
Écoutez-moi, mes chers amis.
Si vous voulez voir la tristesse
Fuir à jamais vos cœurs joyeux
Faites du bien, donnez sans cesse,
Donnez beaucoup aux malheureux.

—

Oh ! vous, riches, que la fortune
N'empêche pas d'être affligés,
Rappelez-vous que l'infortune
Sur vos biens a des droits sacrés.
Ces indigents qui sont vos frères,
Il faut partager avec eux.
Vos peines deviendront légères,
Si vous donnez aux malheureux.

—

Et vous, qui, de l'intelligence,
Avez reçu le don sacré,
Par vos écrits, à l'opulence,
Allez prêcher la charité.
Quand, par ses traits, la basse envie
Viendra vous rendre soucieux,
Vengez vous de la jalousie ;
Écrivez pour les malheureux.

—

Vous qui, pour gagner votre vie,
Vous livrez à de durs travaux,
Allez, par votre voix amie,
Des affligés calmer les maux.
Vous avez, pour sécher leurs larmes,
L'amitié, ce bien précieux;
Allez en savourer les charmes;
Pleurez avec les malheureux.

CROYEZ AU BONHEUR.

Amis, mes bons frères,
Dieu parle, écoutez;
Vos cœurs sont sincères,
Vous le comprendrez.
Ayez confiance,
Vous dit le Seigneur;
Gardez l'espérance,
Croyez au bonheur.

—

Si l'on vient vous dire :
Un juge irrité
Pourra vous maudire
Pour l'éternité :
Ah! pourquoi sans cesse

Affliger mon cœur ;
Croyez ma tendresse,
Croyez au bonheur.

—

Votre âme est coupable ;
Mais, pour la sauver,
Un Étre adorable
S'est fait immoler.
Pour tous sa souffrance
Fléchit ma rigueur.
Gardez l'espérance,
Croyez au bonheur.

UN CONTE DE FÉE.

Un beau petit garçon, petit ange tout rose,
Avec sa bonne, un jour, au logis revenait,
Cueillant, sur son chemin, des fleurs qui, je suppose,
Étaient pour sa maman, qui, beaucoup, les aimait.
Cet enfant, mes amis, était toujours bien sage ;
Jamais encor le mal n'avait flétri son cœur :
Aussi, matin et soir, devant la belle image
Qui représente le Sauveur
Il allait, à genoux, prier avec ferveur ;
Et sans doute qu'au ciel sa prière innocente

Était, par le Seigneur, reçue avec plaisir,
Puisque, de lui toujours, sa mère était contente,
Et qu'on n'avait jamais besoin de le punir.
— Mais revenons vers lui. — Là-bas, dans la prairie,
Le voyez-vous courir vers les plus belles fleurs,
En pensant, tout joyeux, à sa mère chérie
Qui verra son bouquet aux brillantes couleurs ?
Voilà que, près de lui, une vieille, courbée
Par l'âge et le chagrin, se montre en ce moment.
Elle allait trottinant, sur sa canne pliée,
Se plaignant, soupirant ; c'était peine vraiment.
Du bon petit garçon, l'âme en est attristée,
Et, lui tendant la main, il lui dit gentiment :
Pauvre bonne maman, vous êtes fatiguée ;
Appuyez-vous sur moi, marchez tout doucement.
Nous pourrons bien, ainsi, nous rendre chez ma mère,
Car ce n'est pas très-loin ; vous vous reposerez.
Peut-être avez-vous faim, peut-être la misère
Vous fait-elle souffrir ; mais vous le lui direz.
Elle est douce, maman ; son âme est généreuse,
     Et vous verrez qu'avec plaisir
     Elle voudra vous secourir.
— Comme il parlait encor, sa bonne furieuse,
Qui courait après lui, parvint à le saisir.
— Vraiment, êtes-vous fou, dit-elle ? — Quelle idée !
Si vous touchez ainsi cette vieille édentée,
Ne le voyez-vous pas, vous allez vous salir.
Ah ! si vous ramassez tous les gueux sur la route,
Ce sera du joli. Votre maman, sans doute,

Pour cela tout exprès fit faire sa maison.
— Ma bonne, c'est bien mal, dit le petit garçon.
Le bon Dieu, sais-tu bien, ne veut pas qu'on afflige
Les pauvres malheureux qu'il lui plaît d'éprouver ;
Mais, au contraire, il dit qu'il faut qu'on les oblige.
Regardes ; la voilà toute prête à pleurer.
— C'est bon ; c'en est assez, dit la bonne en colère.
Il est temps de rentrer, c'est sûr votre mère,
Si nous tardons encor, pourra bien se fâcher.
— Non, non, je ne veux pas ainsi l'abandonner.
Maman, j'en suis certain, serait bien plus fâchée,
      Si je manquais de charité.
— Comme il disait cela, voilà qu'une nuée
      Qui répandait une douce clarté,
Dérobe à ses regards sa vieille protégée
      Qu'il cherche encore à son côté.
      Mais bientôt, sortant du nuage,
En place de la vieille aux habits déchirés,
Une dame paraît. Son rayonnant visage
Semble tirer du ciel ses divines beautés.
— Écoute, cher petit, dit-elle, je suis fée ;
J'ai voulu t'éprouver ; je connais ton bon cœur.
Ta charité, par moi, sera récompensée,
Car je veux, pour toujours, assurer ton bonheur.
Oui, mon petit ami, pour que ton âme tendre
Conserve sa douceur et son humanité,
Je veux te faire un don qui doit toujours te rendre
      Le fils chéri d'un Dieu plein de bonté.
Ce don si précieux, qui te fera prétendre

Au bonheur de l'Éternité,
Cher enfant, c'est la piété.

UN REVENANT AU VILLAGE.

Un jour, dans un village,
Parut un revenant.
Chacun, sur son passage,
S'enfuyait en criant :
C'est un loup dévorant.
Par lui notre existence
Est dans un grand danger.
Évitons sa présence :
Amis, pour nous sauver,
Allons nous enfermer.

—

Et tous ces pauvres diables
Se renfermaient chez eux ;
Et leurs cris lamentables
S'élevaient jusqu'aux cieux.
Qu'ils étaient donc peureux !
En vain l'esprit leur crie,
Cherchant à les calmer :
Revenez, je vous prie ;
Pourquoi vous effrayer ?
Voudrais-je vous manger.

—

Loin d'être redoutable,
J'aime à faire plaisir ;
Vrai, je suis fort aimable
Et je n'ai qu'un désir :
C'est de vous enrichir.
— Mais tous mes imbéciles
S'en vont toujours courant ;
Et les cris inutiles
Du pauvre revenant
Font chacun plus tremblant.

—

Pourtant, l'un d'eux s'arrête
En se disant : Vraiment,
Ne soyons pas si bête ;
Puisqu'il parle d'argent,
Risquons-nous un moment.
— Allons, esprit ou diable,
Entrez dans ma maison.
Moi, je suis raisonnable,
Et surtout bon garçon ;
Je reçois sans façon.

—

Or, rapporte l'histoire,
Depuis ce moment-là
Notre homme, il faut m'en croire,
Fort riche se trouva,
Et chacun regretta

D'avoir fermé sa porte
A ce bon revenant,
Qui venait, de la sorte,
D'enrichir en passant
Un homme bienveillant.

—

Comprenez-vous la chose,
Vous, qui lisez ceci ?
Souvent, on vous propose
De vous donner ainsi
De forts grands biens aussi.
Nous craindre, c'est folie ;
Sommes-nous donc méchants ?
Ouvrez-nous, je vous prie ;
Pour être heureux, enfants,
Ouvrez aux revenants.

LA VOIX DE DIEU.

La voix de Dieu partout se fait entendre,
Pour annoncer sa force et sa bonté.
Écoutez-la, cherchez à la comprendre :
Suivez, de son flambeau, la divine clarté.

—

La voix de Dieu vous parle dans l'orage ;

Elle vous dit ses sublimes grandeurs.
Lui seul retient ou déchaîne sa rage :
Devant ce Dieu puissant, humiliez vos cœurs.

—

La voix de Dieu parle dans la prairie
Où les agneaux paissent en bondissant ;
Elle vous dit sa douceur infinie.
Bénissez-le toujours, cet être bienfaisant !

—

La voix de Dieu, dans la mer courroucée,
Vous parle et dit : Mortel voilà ton sort ;
Comme les flots, ta vie est agitée,
Mais un père indulgent te reçoit à la mort.

—

La voix de Dieu parle dans le feuillage,
Quand le zéphir est venu l'agiter.
Elle vous dit : Ce souffle, c'est l'image
De ce souffle divin qui te fait exister.

—

La voix de Dieu vous parle avant l'aurore,
Quand l'*Angelus* sonne et vous dit : Priez.
Le jour finit, elle vous parle encore,
En vous disant : Ce jour, à Dieu vous le devez.

—

La voix de Dieu, c'est cette voix amie
Qui rend l'espoir et calme la douleur
En vous disant : Dieu t'a donné la vie ;
Son enfant, près de lui, trouvera le bonheur.

LE PÉLERIN.

Un pélerin, quittant la terre sainte,
S'arrête et frappe aux portes d'un castel.
Ouvrez, dit-il, seigneur, ouvrez sans crainte ;
Je viens de loin, ouvrez au nom du ciel.
Voyez mes mains, elles sont désarmées ;
Je ne suis point un vaillant paladin ;
Je n'ai sur moi que reliques sacrées.
Ouvrez, ouvrez, au pauvre pélerin.
Mais vainement sa voix implore et prie,
Et le castel, pour lui reste fermé ;
Car le seigneur n'a jamais, dans sa vie,
Tendu sa main vers un infortuné.
Il pleut, pourtant, et la nuit est venue.
Mais que lui fait, des autres le destin?
Jamais, pour eux, son âme n'est émue :
Il n'ouvre pas au pauvre pélerin.
Tout près de là, dans une humble chaumière,
Vit une veuve avec son jeune enfant.
Du pélerin, elle entend la prière.

A ses côtés, elle arrive en courant.
Bon pélerin, dit-elle, entrez bien vite ;
Pour vous donner, j'ai bien peu ; mais enfin,
Vous trouverez bon accueil et bon gîte
Dans ma maison. Venez bon pélerin.
    L'enfant s'empresse, et la table est servie.
Le pélerin leur sourit tendrement.
Cœurs généreux, dit sa voix attendrie,
Dieu vous bénit pour votre dévouement.
Levez les yeux, regardez mon visage,
Reconnaissez votre Sauveur divin.
Les biens du ciel seront votre partage,
Vous qui, toujours, ouvrez au pélerin.

UN TRÉSOR.

Un avare, jadis, possédait un trésor.
Certes, vous me direz : la chose n'est pas rare.
Il avait grande peur qu'on ne lui prit son or ;
C'était fort naturel de la part d'un avare.
Il alla donc, un soir, creuser dans son jardin,
Et mit l'or dans le trou. Le voilà bien tranquille,
Du moins, il le croyait. — Pauvre avare imbécile !
Voyait-il, par hasard, les yeux de son voisin
Se diriger sans but vers la chère cachette,
C'est fini, disait-il ; il m'aura vu creuser ;

Il viendra me voler. Vite, il fut l'enlever !
Et puis, réfléchissant : Mais peut-être il me guette ;
Il pourrait bien encor n'avoir que des soupçons ;
S'il me voit l'enlever, viendra la certitude......
— Et, là-dessus, nouvelle et grosse iuquiétude
Vient tourmenter son cœur de cinquante façons.
— Enfin, un certain jour, sa frayeur devint telle,
Que son esprit, frappé, le quitta brusquement,
Sous terre abandonnant sa dépouille mortelle,
Dont il se souciait fort peu, probablement.
Il n'avait pas d'enfants. Donc, sa mort arrivée,
Tout son bien fut vendu. Celui qui l'acheta,
Voulant remettre à neuf, et suivant son idée,
La maison, le jardin, la cour et cætera,
Alla fouillant partout. A la fin, il trouva
Le trésor que l'avare avait mis dans la terre.
Notre homme, tout joyeux, en voyant cet argent,
Ne pensa qu'à chercher une bonne manière
De le bien dépenser et de vivre gaîment.
Mais, voilà que, la nuit suivante,
Par un bruit inconnu se trouvant réveillé,
Il voit à ses côtés (jugez quelle épouvante !)
Un fantôme tout blanc, dans son linceuil drapé :
C'est à moi ce trésor qui, par toi, fut trouvé,
Dit le spectre effrayant. Ah ! fais-en bon usage,
Car le bonheur, hélas ! par Dieu m'est refusé
Pour avoir, autrefois, toujours thésaurisé.
Avec notre prochain, il veut que l'on partage.
— Il disparaît soudain. L'autre réfléchissant,

Se dit : Oh ! bien, alors, moi je n'ai rien à craindre. .
Je veux bien partager, car je suis bon enfant,
Et de moi, le Seigneur, n'aura pas à se plaindre.
    Le voilà, chaque jour, allant au cabaret,
Y menant ses amis, à payer toujours prêt,
S'enivrant avec eux, menant mauvaise vie.
En un mot, il devint un fort mauvais sujet.
Si bien que, certain jour, revenant d'une orgie,
Il se laissa tomber tout au fond d'un ravin :
On le retrouva mort, et ce fut là sa fin.
    Il possédait encore une assez belle somme,
Laquelle fut remise aux mains d'un héritier.
Celui-là, voyez-vous, c'était un bon jeune homme
Qui, jusqu'alors, n'avait pensé qu'à travailler.
Le voilà bien surpris en voyant la richesse,
Quand il n'y pensait pas, lui arriver ainsi.
Mon Dieu ! se disait-il, quoi faire de ceci ?
Et le jour et la nuit, il y pensait sans cesse.
Voilà qu'un certain soir, qu'encore il y pensait,
Soudain, à ses côtés, un spectre se présente :
Pour employer ton or, dit-il d'une voix lente,
De manière que Dieu s'en trouve satisfait,
Ah ! ne le garde pas ; partage avec tes frères,
Car moi je suis puni pour l'avoir trop gardé.
— Non, ne partage pas, dit de l'autre côté,
Un second revenant, dont les accents austères
Faisaient frémir de peur, rien qu'en les entendant.
Je souffre aussi, vois-tu, pour avoir dans ma vie
Jeté cet or au vent, le prêtant, le donnant.

Non, ne partage pas ; car c'est une folie.
Pourtant, dit le jeune homme, assez embarrassé,
S'il ne faut ni donner, ni garder ma fortune,
A quoi donc employer la richesse importune
Qui ne sert, je le crains, qu'à ravir la gaîté?
— Mon ami, dit alors une voix douce et tendre,
Ne suis pas les travers de ces deux malheureux.
A l'avare, en effet, Dieu n'ouvre pas les cieux,
Et le vil débauché ne doit non plus s'attendre
Qu'au juste châtiment qu'il a bien mérité.
Mais il est un moyen d'employer l'opulence
A te faire un ami de ce Dieu de bonté :
Pour cela, vois-tu bien, soulage l'indigence ;
Ne partage ton bien qu'avec la pauvreté.

LA MÉDIATRICE.

Voyez, aux pieds de Dieu, sans cesse agenouillée,
Cette femme si belle, aux regards suppliants :
C'est votre mère. — Hélas ! comme elle est affligée !
Quand, vous livrant au mal, vous devenez méchants.
Mais, malgré vos erreurs, c'est toujours votre mère ;
Écoutez-la, pour vous, prier le Tout-Puissant :
Pitié pour lui, mon fils ! Cet homme, c'est ton frère ;
Pitié pour lui, mon Dieu ! Pitié ! c'est mon enfant !

Voici le jugement pour cette âme orgueilleuse
Qui voit enfin ce Dieu qu'elle a tant blasphêmé.
Elle attend son arrêt : mais, toujours généreuse,
Sa mère encor priera ; Dieu sera désarmé.
Oh ! ne sois pas, dit-elle, un juge trop sévère ;
Venge ta majesté, mais en lui pardonnant...
Pitié pour lui, mon fils ! Cet homme, c'est ton frère ;
Pitié pour lui, mon Dieu ! Pitié ! c'est mon enfant !

—

Là-bas, vers l'Éternel, cet esprit qui s'avance.
Et qui semble vouloir se cacher au Seigneur,
Fuyez-le, fuyez-le. Jamais la bienfaisance,
Quand sur terre il vivait, n'a fait battre son cœur :
C'est l'avare maudit. — Pourtant, encor sa mère
Vient implorer pour lui son juge menaçant :
Pitié pour lui, mon fils ! dit-elle, c'est ton frère !
Pitié pour lui, mon Dieu ! Cet homme est mon enfant !

—

Et celui-là, Seigneur, dont la vie agitée,
Oubliant ses devoirs, fut livrée au plaisir,
Quand tu lèves vers lui cette main irritée,
Sa mère vient prier, et cherche à te fléchir :
Oh ! retiens les éclats de ta juste colère,
Dit-elle ; il a péché, mais il est repentant.
Pitié pour lui, mon fils ! Cet homme, c'est ton frère !
Pitié pour lui, mon Dieu ! Pitié ! c'est mon enfant !

—

Prenant enfin son vol vers la sainte patrie,
Voyez l'esprit du juste arriver radieux.
Qui vient ainsi vers lui? C'est sa mère chérie ;
Que son regard est doux, son visage joyeux !
Sans murmurer, dit-elle, il souffrit sur la terre,
Toujours en ta bonté, Seigneur, se confiant.
Oh ! reçois-le, mon fils ! Cet homme, c'est ton frère !
Oh ! bénis-le, mon Dieu ! Bénis mon cher enfant !

Faudra-t-il sans cesse,
Nous voir accuser,
Nous, dont la tendresse
Vient vous consoler ?
Ce monde rebelle,
Ah ! nous l'aimons bien !
Sa haine cruelle
Sur nous ne peut rien.

———

Avons-nous l'allure
De ce noir démon
Dont l'haleine impure
Répand le poison?
D'un Dieu de clémence
Nous venons parler;
De notre présence
Peut-on s'alarmer.

ADIEUX.

Le revenant a fini son ouvrage ;
Il s'en va donc dans l'oubli retourner.
Voyez, pourtant, combien il est peu sage :
En s'en allant, il voudrait s'assurer
Qu'à lui, parfois, vous pourrez bien penser.
Et savez vous, amis, ce qu'il demande
Pour être sûr de votre souvenir ?
Quand, au malheur vous ferez une offrande,
Dites son nom, ça lui fera plaisir.
Si quelquefois le doute vient encore
Vous assaillir et troubler votre cœur,
Appelez-le : du Dieu saint qu'il adore
Il viendra vous parler, ce pauvre rimailleur.
Sa muse, tour à tour, sérieuse ou légère,
Viendra vous rappeler la charité, l'amour ;
Vous répéter qu'au ciel vous avez un bon père.
Et l'auteur de ces vers, cet esprit, votre frère,
Vous attend, plein d'espoir, au céleste séjour.

DUCIS.

Constantine. — Typ. & lith. ALESSI & ARNOLET.